DISQUE 'ZZz' PARA DORMIR

OLGA & LUIS PINHEIRO

*Para todas as mães e pais
que continuam nessa batalha.*

Nunca tivemos a menor chance...

Meia-noite.

A lua brilha na janela
iluminando o meu caminho.
Saio do quarto e vou andando,
pé ante pé, devagarinho.

O danado do meu gato
não resiste e vem fuçar
De mansinho, abro a porta:
Minha **MISSÃO** vai começar!

Tudo tem a hora certa.
Cada coisa no seu tempo.
Levanto o cobertor e
SOR-RA-TEI-RA-MEN-TE
pulo dentro.

Me meto no meio dos dois
e sorrio, sem timidez.
Mas eles me botam para fora
pela milésima vez...

Mamãe sempre pergunta:
"Menina, por que insiste?"

Eu respondo:
"Sou teimosa!
Sou uma ninja!"

E uma ninja não desiste.

Eu ADORO essa caminha!
É um amor mais que eterno.

Volto e me arrasto
INVISÍVEL
pelo lado paterno.

Epa!!

Me carregam com desgosto
como se fossem `a lixeira.
O papai logo resmunga:

"Criança só faz besteira..."

Me preparo pro sermão
agarrando o ursinho amado.
Já repetiram tantas vezes
que o tenho decorado:

**"Você está ficando grande!
Menina, tem que entender.
Vai dormir na própria cama.
Um dia, vai agradecer."**

Agradece-los?!
De jeito nenhum!
Esses dois me negaram
como se nega um pum!

Tem espaço para mim.
Pode confiar!
Olha só como eu me encaixo
em quase todo o lugar.

Sou muito criativa.
Uma **ESPERTA** em se esconder.
Aproveitei que assistiam
as notícias na TV.

Como uma autêntica espiã,
me infiltrei, disfarçada.
Mas fui logo descoberta.
Papai achou que era piada.

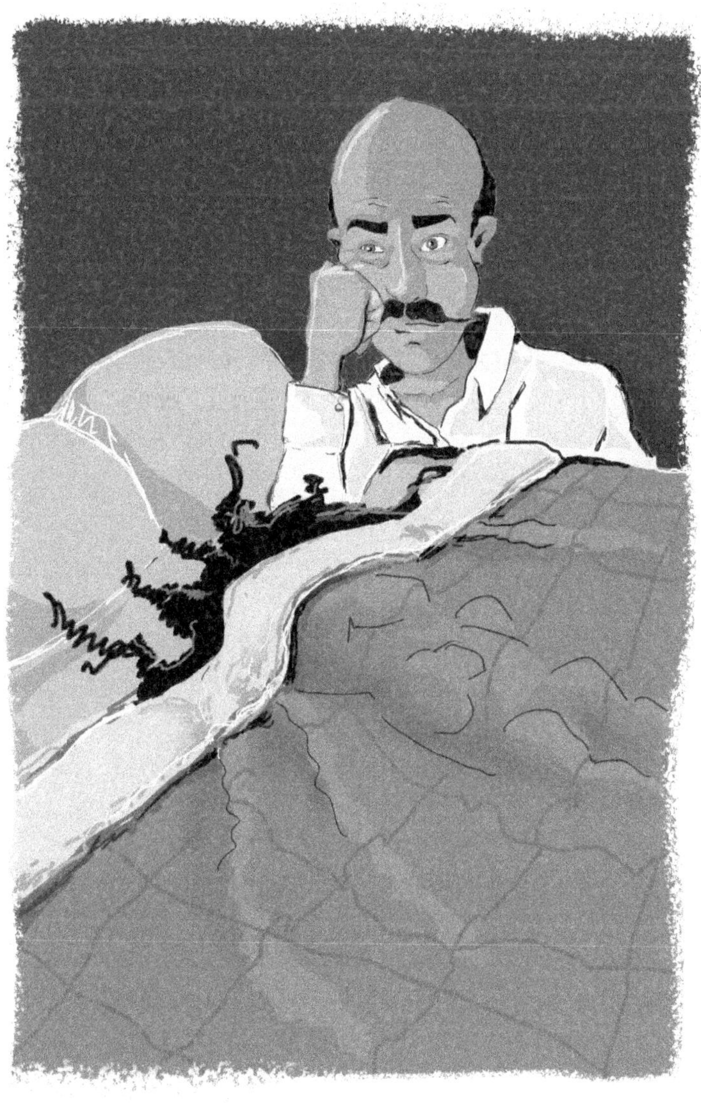

Está sempre se queixando
e eu não consigo entender.
Ora bolas, logo a mim
que devia agradecer!

Afinal, eu me esforço
com carinho e atenção
a **ESQUENTAR** sua cabeça.

Especialmente, no verão...

Zzz z

Já tentei entrar no quarto
pela janela e pela porta.
Um dia, até desci
deslizando por uma corda.

Mas mamãe sempre me acha.
Parece que **CHEIRA** o meu intento.
Como será que ela sabe?
Será que lê pensamento?

A cama, em si, não é o prêmio
mas é uma importante parte.

Colchão macio e quentinho:
Uma **FELPUDA** obra de arte.

É um caso de perfeição.
Não ligaram os pontos, não?

Dormir com o nariz enfiado
naquele pescoço de mel.
Tão gostoso! Tão cheiroso!
Um pedacinho do céu!

Ou sentir as mãos do papai
me protegendo do escuro.

Mas como é que não se lembra
dos longos dias de trabalho
quando chegava cansado e torto
e suas mãos buscavam a minha
atrás de **PAZ** e **CONFORTO?**

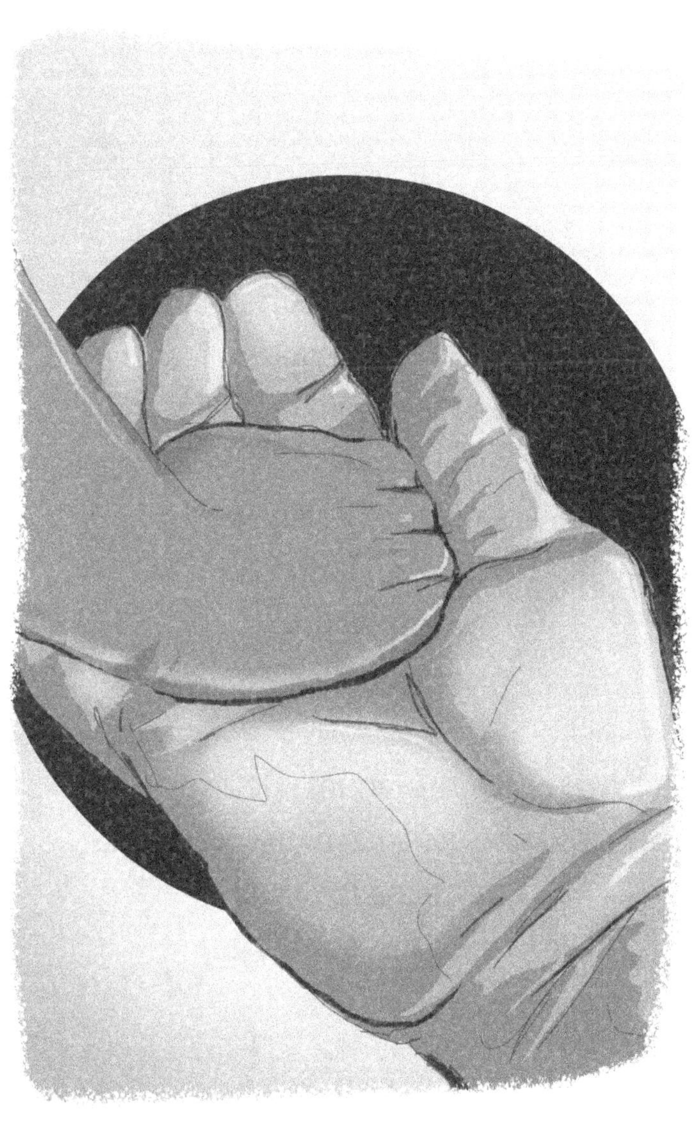

Nada disso importa mais.
Minhas lindas contribuições
não passaram de ilusões.

Assim, triste e sem encanto
bate um pequeno coração
sozinho...
em algum canto…

E uma lágrima desliza
quando estico a minha mãozinha
e me lembro:
Estou sozinha.

A cama deve estar fria.
Falta eu para a esquentar.

Enquanto o relógio bate
Tic-tac
sem parar.

Mmm..?

Que gostosa, essa vitória
apertadinha nos seus braços!
Mas será que precisavam
tomar **TODO** o meu espaço?

Não estava nos meus planos
mas aceito esse empate.

Isso acontece, vejam vocês,
quando uma cama feita para um
CARINHOSAMENTE
recebe três...

Fim

Espero que tenham gostado desse livrinho!
Por favor, deixem um comentário e dêem uma olhada
na nossa outra obra (em inglês):
"Tiny: adventures of a micro preemie".
Obrigado!